AS PRIMÍCIAS

Sobre o autor

Alfredo de Freitas Dias Gomes, mais conhecido como Dias Gomes, foi romancista, contista e teatrólogo. Nasceu em Salvador, em 19 de outubro de 1922. Escreveu seu primeiro conto, "As Aventuras de Rompe-Rasga", aos 10 anos, e, aos 15, sua primeira peça, *A Comédia dos Moralistas*, vencedora do concurso promovido pelo Serviço Nacional de Teatro e pela União Nacional dos Estudantes (UNE). Várias de suas obras foram censuradas durante a ditadura por apresentarem forte conteúdo político. Entre as mais conhecidas, estão *O Bem-Amado*, *O Pagador de Promessas* e *O Berço do Herói* (adaptada para a televisão como *Roque Santeiro*). Escrita em 1960, *A Invasão* estreou em 25 de outubro de 1962 no Teatro do Rio, com direção de Ivan de Albuquerque, e foi encenada dois anos depois em Montevidéu, pelo grupo El Galpón, com direção de José Renato. A peça foi laureada com o Prêmio Cláudio de Souza, da ABL, e com o Prêmio Padre Ventura, do CICT. Em janeiro de 1969, foi proibida pela censura, em uma interdição que durou até 1978. Dias Gomes foi eleito para a Cadeira 21 da Academia Brasileira de Letras em 1991. Faleceu em 1999, em São Paulo, aos 76 anos.

Dias Gomes

AS PRIMÍCIAS

2ª edição

Rio de Janeiro | 2022

CIP-BRASIL. CATALOGAÇÃO NA PUBLICAÇÃO
SINDICATO NACIONAL DOS EDITORES DE LIVROS, RJ

G613p
    Gomes, Dias, 1922-1999
        As primícias: alegoria político-sexual em 7 quadros / Dias Gomes. - 2. ed. - Rio de Janeiro : Bertrand Brasil, 2022.

        ISBN 978-65-5838-098-6

        1. Teatro brasileiro. I. Título.

22-78323   CDD: 869.2
                                CDU: 82-2(81)

Meri Gleice Rodrigues de Souza - Bibliotecária - CRB-7/6439

Copyright © Dias Gomes, 1977

Capa: Oporto design
Ilustração de capa: Alexandre Venancio

Texto revisado segundo o novo Acordo Ortográfico da Língua Portuguesa.

Todos os direitos reservados.
Não é permitida a reprodução total ou parcial desta obra, por quaisquer meios, sem a prévia autorização por escrito da Editora.

Direitos exclusivos de publicação em língua portuguesa somente para o Brasil adquiridos pela:
EDITORA BERTRAND BRASIL LTDA.
Rua Argentina, 171 — 3º andar — São Cristóvão
20921-380 — Rio de Janeiro — RJ
Tel.: (21) 2585-2000

Seja um leitor preferencial. Cadastre-se no site www.record.com.br e receba informações sobre nossos lançamentos e nossas promoções.

Atendimento e venda direta ao leitor:
sac@record.com.br

Sumário

Prefácio — 7
Personagens — 9
Primeiro quadro — 13
Segundo quadro — 33
Terceiro quadro — 51
Quarto quadro — 75
Quinto quadro — 85
Sexto quadro — 97
Sétimo quadro — 105

PREFÁCIO

A trajetória de Dias Gomes como escritor não se dissocia dos fatos dramáticos da vida nacional na década de 70. Atento desde cedo à realidade brasileira, ele não só usou elementos desse panorama para inspirar suas peças como também sofreu pessoalmente as consequências de suas ações políticas, sendo desde cedo alvo das mais diversas formas de censura.

E foi um período de folga na televisão, no final dos anos 70, que abriu espaço para Dias Gomes voltar a produzir dramaturgias para o teatro. Foi então que, em 1977, ele escreveu *As primícias*, que estreou em 1979, em Brasília, com Direção de Ricardo Torres. Um texto que ele foi buscar no período medieval, denunciando o famoso "direito da primeira noite" (*jus primae noctis*), quando o senhor feudal desvirginava as jovens noivas que trabalhavam nas fazendas, sendo apenas a segunda noite dedicada ao marido escolhido. Em uma linguagem poética, Dias Gomes satirizava o que se vivia na época, denunciando de forma sútil e inteligente o poder do "senhorio".

Os jovens personagens Lua e Mara, no entanto, não cedem à imposição e violência do fazendeiro e decidem lutar contra a existência desse "direito" autoritário e desumano, enfrentando as ameaças e julgamentos impostos ao casal. Um grito de liberdade que é iluminado com o poder do amor, em uma noite de revolta e libertação.

A peça de Dias Gomes é sutil e, com humor, retrata uma realidade que vigorou na Idade Média e que, em alguns países como a França, perdurou até a Revolução de 1789. O espetáculo chegou ao Rio de Janeiro em outubro de 1993, no Teatro João Caetano, e tive a honra de assinar a cenografia e os figurinos. Com direção de Sidney Cruz e músicas de Guinga e Aldir Blanc, tinha no elenco nomes como Bemvindo Sequeira, Beti Mendes, Suely Franco, Christiane Macedo, Renato Rabelo, Moises Aichenblat e mais 14 atores. Dias Gomes dizia que a peça havia sido pensada para uma circunstância muito peculiar: o regime de força que dominava o Brasil na época. E ele próprio definiu o espetáculo como "uma alegoria político-sexual em sete quadros".

José Dias

PERSONAGENS:

Proprietário
Mara
Lua
Donana
Vigário
Senhora
1ª Donzela
2ª Donzela
3ª Donzela
1º Noivo

FIGURANTES:
Padrinho, Madrinha, 2º Noivo, 3º Noivo, 4º Noivo.

AÇÃO:
Em uma aldeia da Europa ou da América Latina, entre os séculos VI e XX.

A ação transcorre em três cenários: a) casa da noiva; b) capela; c) casa do Proprietário. Este último se divide em dois ambientes: a sala e o quarto. Os quatro ambientes podem ser resolvidos num mesmo cenário fixo ou em quatro cenários simplificados e de rápida mutação, o que é essencial à fluência do espetáculo.

O Direito das Primícias, ou Direito de Pernada, ou Direito da Primeira Noite, (*jus primae noctis*) foi uma instituição que vigorou na Idade Média e que, em alguns países, como a França, chegou até à Revolução de 89 (Beaumarchais, *O Casamento de Fígaro*), havendo notícia de que tenha persistido na Itália (Sicília) até meados do século passado. Era o direito do senhor feudal de desvirginar as noivas na noite de sua boda. No Brasil colonial, como lei não escrita, semelhante direito foi largamente usado pelos senhores de engenho e pelos grandes senhores de terra de um modo geral, ainda que de maneira menos ostensiva, mais hipócrita, o que, entretanto, não lhe tirava o seu caráter de violentação da integridade da criatura humana. Aqui, quase sempre, o senhor não esperava pela boda, servindo esta apenas para acobertar a violência já cometida.

Embora a humanidade tenha evoluído a ponto de tornar inadmissível hoje a prática legal de tal costume, sabemos que outras formas do direito de violentar (quer seja essa violentação física, moral ou política) continuam em vigor em certos regimes ditos autoritários, servindo o Direito de Primícias de apropriada ilustração a uma legenda que pode falar de acontecimentos do nosso cotidiano.

D.G.

1º QUADRO

Casa da noiva. O ambiente é pobre, rural, mas festivo. Ao centro, a mesa de doces. As janelas e portas são sugeridas com arcos de flores, que também formam guirlandas em volta e por sobre a mesa. Entram as três donzelas, duas delas carregando um enorme bolo, que colocam no centro da mesa.

1ª Donzela

Depressa, meninas, depressa que os noivos não tardam a chegar; cuidado que o bolo foi feito de nuvens e fios de luar.

2ª Donzela

Sua faca de prata,

3ª Donzela

seu olhar de cetim,

2ª Donzela

coroada de sol, a noiva é que vai o bolo partir, repartir sua sorte.

3ª Donzela

seu leito de virgem,

1ª Donzela

seu fogo de fêmea,

3ª Donzela

no ventre o riacho ansiando apagar do noivo à espera seu fogo de macho.

1ª Donzela

Riacho de rosas vermelhas contidas no monte de musgo, o noivo esperado que venha afogar seu falo guerreiro.

As três

(CANTAM E DANÇAM) Depressa, meninas, depressa que os noivos não tardam a chegar; cuidado que o bolo foi feito de nuvens e fios de luar.

Ouve-se o sino repicando distante e festivo.

1ª Donzela

Escutem o sino!

2ª Donzela

Destino da noiva em bronze selado!

3ª Donzela

Será esta noite sua prova de fogo!

1ª Donzela

sua sorte lançada!

As três

(CANTAM E DANÇAM) Depressa, meninas, depressa que os noivos não tardam a chegar; cuidado que o bolo foi feito de nuvens e fios de luar.

Entra o Proprietário, de botas e esporas, nas mãos o chicote, na cinta a faca e o revólver. Sua figura infunde respeito e temor, ainda que procure ser envolvente e paternal.

Proprietário

Ô de casa!

As três donzelas param de cantar e dançar subitamente.

1ª Donzela

An? Quem é?

Proprietário

É de paz.

2ª Donzela

(AGORA O RECONHECE) O Proprietário!

Proprietário

(ANDA PELA CENA, OBSERVANDO) Os noivos, onde estão?

1ª Donzela

Na igreja. Também os padrinhos, convidados, todo o mundo.

3ª Donzela

Não devem tardar. O sino acaba de anunciar o final da cerimônia.

2ª Donzela

Se bem que são cinco, cinco casamentos num só dia!

Proprietário

(SORRI E ROUBA UM DOCE DA MESA) Louvado seja o Senhor!

3ª Donzela

Louvada seja Maria!

Proprietário

Casar, casar... isso é bom pra aumentar a população. Precisamos de mão de obra num país em construção. Por incrível que pareça, em toda essa região, não se chega a dois braços por légua de extensão. Muita terra sem proveito, sem render fruto ou tributo, sem a menor serventia. Até dói no coração. Por isso eu digo, vocês precisam casar e ter muitos, muitos filhos mesmo, que pra todos eles eu tenho o futuro assegurado: uma pá e uma enxada, um bom pedaço de terra. Quem sabe até um arado? Palavra, em minhas terras ninguém fica sem trabalho ou sem minha proteção. Mas a daqui qual é mesmo?

1ª Donzela

O quê?

Proprietário

A noiva?

1ª Donzela

É Mara... Mara, filha de Donana, viúva de Malaquias...

Proprietário

Ah, sim, agora me lembro... É uma alta, esguia... olhos grandes... ancas redondas de quem vai dar boa cria... Taí uma que merece de mim a honra que vai ter. Porque nem sempre é um prazer... Às vezes é sacrifício a que só me submeto porque, como pai de todos, não devo ter preferência. Mas só Deus sabe o que passo... Deus e os lençóis do meu leito, que às vezes ficam tintos não do sangue das donzelas, mas do meu próprio, no esforço para cumprir o ritual.

1ª Donzela

(chocada) Senhor!

2ª Donzela

De que ritual ele fala?

3ª Donzela

Não entendi nada, nada...

1ª Donzela

(discretamente) O direito de primícias...

2ª Donzela

Ah, sim, a primeira noite...

1ª Donzela

O direito de pernada... A sua mãe nunca te disse?

3ª Donzela

Por alto... sem detalhar...

Proprietário

Verdade, palavra de honra. Tivesse eu o direito de abrir mão desse direito e, em certas ocasiões, o faria de bom grado. Não em todas, certamente... Nem me refiro às meninas... é claro, qualquer das três, terá o que bem merece, por lei e também por justiça, quando chegar sua vez. Com prazer e com respeito, cumprirei o ritual. Ainda que venham as três a casar no mesmo dia, cumprirei o meu dever, todas terão a honraria de partilhar do meu leito e nenhuma, isso eu garanto, sairá insatisfeita. Por exemplo, hoje são cinco. Será uma noite exaustiva! Mas o que hei-de fazer? São os ossos do ofício. Minha posição exige todo esse sacrifício. Vou agora para casa me preparar com afinco. Minha mulher separou cinco lençóis, todos cinco de alvura imaculada. Quanto a mim, vou repousar. Quem sabe uma gemada talvez venha a tomar, que a empresa não é fácil, exige disposição... Um supremo mandatário nunca pode demonstrar qualquer irresolução no exercício do poder, sob pena de perder força, prestígio e até provocar contestação. Não sei se vocês entendem a minha situação...

1ª Donzela

Entendemos...

2ª Donzela

Sim, mas...

3ª Donzela

Claro...

Proprietário

É um problema político... e também de tradição. O poder absoluto só se mantém pelo uso continuado da força. É um direito, não um abuso. Bem, mas este é um assunto que não pode interessar a três formosas donzelas... (INICIA A SAÍDA)

1ª Donzela

E os noivos? Não vai esperar?

Proprietário

Não... vou agora pra casa me lavar, me perfumar, depois aguardar a noiva em meu quarto de dormir... Adeus, meninas.

3ª Donzela

Adeus...

O Proprietário sai.

1ª Donzela

Senhor do castelo, guardião das virtudes, o Proprietário exige o tributo. É dono das rosas, da flor e do fruto que brotam em seus campos cobertos de pó.

2ª Donzela

É justo que colha e que saboreie o fruto primeiro das virgens em flor.

1ª Donzela

Da noite pioneira exige as primícias.

3ª Donzela

Feliz é a noiva, vai ter as carícias do grande senhor. E vai partilhar seu leito de prata e nele deixar a sua inocência firmada no sangue de sua virgindade. O grande machado do grão-lenhador irá desbravar a densa floresta, matar o dragão que guarda a entrada da gruta do amor.

1ª Donzela

O noivo fogoso, o falo a pulsar, o peito a ferver, vai ter que esperar.

2ª Donzela

(NA PORTA) Atenção! Eles vêm vindo! E Donana vem na frente! (CORRE PARA A MESA COM AS OUTRAS, DÃO OS ÚLTIMOS RETOQUES, APRESSADAMENTE).

1ª Donzela

Depressa... acertem a toalha... ajeitem os guardanapos...

Donana

(ENTRANDO) Meninas, está tudo pronto? Ou ficaram tagarelando?

1ª Donzela

Tudo pronto, Donana. Veja o bolo, veja os doces... as rosas como pediu...

Donana

Vim na frente para ver se não faltava mais nada.

2ª Donzela

Agora só faltam os noivos.

Donana

Estão vindo com o Vigário e também com os padrinhos.

3ª Donzela

O arroz! Falta o arroz!

As três donzelas correm, pegam punhados de arroz. Lua e Mara entram, seguidos do Vigário, do padrinho e da madrinha. As donzelas jogam arroz nos noivos enquanto cantam.

Todos

(cantam) Viva o noivo
  viva a noiva
  viva a nossa freguesia,
  que os anjos
  digam amém,
  também a Virgem Maria.

1ª Donzela

Viva a noiva com seu véu, sua flor de laranjeira.

2ª Donzela

Viva o noivo e seu anel, seus sapatos de verniz.

3ª Donzela

Toda árvore só cresce se tiver boa raiz.

1ª Donzela

Viva a noiva com seu pássaro canto preso na garganta.

2ª Donzela

viva o noivo com seu mastro, sua bandeira desfraldada.

Donana

Bom plantio, boa colheita, boa terra fecundada.

Todos

(CANTAM) Viva o noivo
viva a noiva
viva a nossa freguesia,
que os anjos
digam amém,
também a Virgem Maria.

As três donzelas jogam mais arroz sobre os noivos, entre risos, girando em volta deles.

Donana

Chega, meninas, chega. Não me gastem todo o arroz que amanhã vai fazer falta à nossa mesa. Não estamos em tempos de fartura. Este ano a colheita não foi das melhores e vocês sabem, temos que dar metade ao Proprietário.

Vigário

Metade?

Donana

É o trato. Por isso nos deixa trabalhar a terra, plantar a cana, o milho e o feijão.

Vigário

Quem tem a terra, faz a condição. Não há por que reclamar.

Donana

E quem está reclamando? Isso nem me passou pela ideia. Afinal, se a terra é dele, ainda nos faz favor.

As três donzelas arrastam Mara para um canto.

1ª Donzela

Mara, vem cá...

2ª Donzela

Você vai dizer?...

1ª Donzela

Claro, ela precisa saber.

Mara

O quê? Que aconteceu?

1ª Donzela

Enquanto vocês estavam na igreja, casando, sabe quem esteve aqui? Adivinhe...

MARA

Como posso adivinhar?

3ª DONZELA

Alguém que estará à sua espera...

2ª DONZELA

... esta noite...

1ª DONZELA

... para poupar a seu noivo certos trabalhos....

MARA

(PREOCUPADA) Quem? O Proprietário!? Ele... ele não vai abrir mão?!

1ª DONZELA

Por que abriria? Além do mais, seria uma ofensa a você...

2ª DONZELA

Você tem direito. É lei e é tradição.

MARA

O Vigário prometeu falar com ele, interceder...

1ª Donzela

Pelo visto, ele não concordou ou o Vigário esqueceu, porque saiu daqui dizendo que ia esperar você. Esperar e se esmerar no ritual...

2ª Donzela

Sabe, ouvi dizer que usa lençóis de puro linho, importados da Europa!

1ª Donzela

Lençóis que só são usados uma única vez, depois guardados numa grande arca, como documentos, para quem quiser comprovar...

Mara vai a Lua, preocupada. Ele está com os padrinhos.

Mara

Lua... Licença, padrinho? Licença, madrinha?

Lua

(afasta-se com mara) Que houve?...

Mara

Você falou com o Vigário?...

Lua

Sobre que?

Mara

Sobre esta noite, Lua... Disseram as meninas que o Proprietário esteve aqui à minha procura.

Lua

O Vigário prometeu... Deve ter falado com ele pra abrir mão desse direito... que não me parece direito nenhum.

O Vigário se aproxima.

Mara

Senhor Vigário...

Vigário

Lamento não poder ficar, mas tenho que ir à Casa Grande tratar daquele assunto, conforme prometi.

Mara e Lua se mostram mais aliviados.

Mara

Ah, pensei...

Lua

Mara está preocupada, o Proprietário esteve aqui...

Mara

Julguei que o senhor tivesse fracassado.

Lua

Como o senhor acha que ele vai reagir?

Vigário

Não faço a menor ideia. Creio que ele nunca enfrentou uma recusa. Isso deve ser novo para ele, sempre acostumado a usar dessa prerrogativa sem contestação, até mesmo com a alegria e a gratidão dos noivos.

Mara

Não vá ele se ofender...

Vigário

Tenho que ser hábil pra não parecer um ato de rebeldia. Isso poderia ser pior.

Lua

O Vigário sabe como falar. Mas vou dizer com franqueza, rasgando o coração: nem eu, nem Mara, nenhum de nós pode aceitar com alegria, muito menos gratidão, que alguém separe a gente, nem mesmo por uma noite, e logo a mais importante de nossa vida, e invocando não sei que direito roube o que guardamos para dar um ao outro e a mais ninguém, como acabamos de jurar diante de Deus.

Mara

Lua disse o que eu sinto, eu e ele sentimos igual. Eu até mais do que ele tenho motivo pra discordar, porque é meu corpo, é minha virgindade que vira tributo.

Vigário

Eu sei. Por isso é que vou defender a causa de vocês. Também não estou de acordo com esse costume, embora não possa me pronunciar publicamente. Não é matéria da competência da Igreja. Pelo menos assim eles entendem, os donos da terra e as autoridades de direito ou de fato. Eles fazem as leis e cobram os impostos. Nós só podemos cobrar missas e batizados. Eles fazem a justiça, e também a injustiça. Nós só podemos rezar e pedir a Deus pelos injustiçados. Nunca lutar por eles, ao lado deles, como o Cristo teria lutado. Sob pena de sermos acusados de agitadores, maus sacerdotes, desviados da doutrina. Mas vamos ver o que consigo. (INICIA A SAÍDA).

Mara

Confiamos no senhor.

Donana

Padre, não vai esperar partir o bolo? Mara, minha filha...

Vigário

Mais tarde, Donana, ainda volto. Se quiserem guardar um pedaço...

Donana

Mas é uma pena...

Mara

Deixe, mãe, o Vigário tem que sair, é importante para nós.

Vigário

Até logo. Espero voltar com uma boa notícia.

Lua

A gente vai esperar... o senhor entende, como uma sentença de morte ou clemência.

Vigário

Entendo perfeitamente. (sai).

Donana

De que estão falando?

Mara

De nada, mãe. Já está na hora, devo cortar o bolo? Como devo fazer?

Donana

Calma, calma... chame os padrinhos... Meninas... vamos lá... Venham, venham todos!

Todos se acercam da mesa. Mara empunha a faca.

Mara

A quem devo dar a primeira fatia?

As três donzelas

Ao noivo!

Todos

(cantam, enquanto mara parte o bolo, servindo a um por um)

Sua faca de prata
seu olhar de cetim,
coroada de sol,
a noiva é que vai
o bolo partir,
repartir sua sorte.

Meu barco de sonhos
de velas morenas
lançadas ao mar...
Cuidado que o bolo
foi feito de nuvens
e fios de luar.

A rosa dos ventos
não vá nesses mares
se despetalar...
Cuidado que o bolo
foi feito de nuvens
e fios de luar.

2º QUADRO

Mutação. Sala da Casa Grande. O proprietário, sentado à mesa, bebe vinho e alimenta-se. A Senhora, de pé, observa-o.

Senhora

(É UMA FIGURA FRIA E ALTIVA, EM QUE PESE A SUA ATITUDE SERVIL DIANTE DO PROPRIETÁRIO. SEU ROSTO PARECE JAMAIS TER-SE ABERTO NUM SORRISO. VESTE-SE DE NEGRO E SUA IDADE PODE OSCILAR ENTRE OS 30 E OS 45 ANOS) Não convém comer demais... Ir pra cama de barriga cheia, tendo que fazer tanto esforço, isso pode resultar em congestão.

Proprietário

Eu sei. Mas também não posso ficar sem me alimentar. Tenho que estar bem-disposto para executar o ato com arte, eficiência e gosto.

Senhora

São cinco esta noite...

Proprietário

Cinco.

Senhora

Isso deve então durar quase até o amanhecer. É melhor eu ir dormir nos aposentos dos hóspedes.

Proprietário

E quem vai trocar os lençóis?

Senhora

É verdade...

Proprietário

É a parte que lhe cabe no ritual. A menos que não deseje mais seguir a tradição.

Senhora

O que sempre fiz, farei. Cinco vezes... Você não acha que é muito pra sua idade?

Proprietário

Talvez. Mas que quer que eu faça? Que dê prova de fraqueza? Que recuse alguma delas? Além de ofensa grosseira à moça, isso seria desastroso para mim. Depois disso ninguém mais havia de me respeitar. É o princípio do poder: quem o detém precisa se mostrar capaz de usá-lo de maneira absoluta. Ninguém teme um homem armado com um pesado porrete, se ele não é capaz de levantá-lo do chão. Entendeu?

Senhora

Que diferença faz se eu entendi ou não?

Proprietário

(estranha) Que há? Alguma objeção?

Senhora

Nenhuma. Só estou pensando em sua saúde, só isso. Repetir numa só noite cinco vezes o ritual... não será exigir demais de sua virilidade? Já imaginou um fracasso?

Proprietário

Sou proibido de pensar. Isso significaria não estar mais apto a exercer as responsabilidades, os encargos do poder. Por favor, mais uma gemada.

A Senhora pega a xícara e o prato no momento em que se ouve o sino do portão.

Proprietário

Será que já é a primeira?

Senhora

Ainda nem anoiteceu... (SAI COM A XÍCARA E O PRATO).

Proprietário

Também não seria mau comermos um pouco antes. São cinco virgens... e algumas são bastante complicadas... exigem esforço e perícia.

Vigário

(ENTRANDO) Deus esteja nesta casa.

Proprietário

Oh, padre, seja bem-vindo.

Vigário

Chego em má hora?

PROPRIETÁRIO

Oh, não. Estava forrando o estômago. O Vigário é servido?

VIGÁRIO

Sou muito agradecido, mas não posso demorar.

PROPRIETÁRIO

Mas Vossa Reverendíssima, pelo que ouvi dizer, hoje andou atarefado. Celebrou cinco casórios. Também algum batizado?

VIGÁRIO

Não. As bodas me tomaram quase que a tarde inteira e até a derradeira acabei de celebrar. Foi a de Lua e Mara. Ela, filha de Donana e do finado Malaquias, que Deus o tenha.

PROPRIETÁRIO

Amém.

VIGÁRIO

Ele, órfão de pai e mãe, um excelente rapaz, bom cristão e bom vaqueiro, gente humilde e muito simples, mas de enormes virtudes.

PROPRIETÁRIO

Tantos elogios por que? Algum pedido especial, talvez, em relação à noiva... Quem sabe se em vez da quinta quer ser logo a primeira?

Vigário

Não...

Proprietário

(INTERROMPENDO) Costumo, nesses casos, seguir a ordem das cerimônias religiosas. Não é justo?

Vigário

Justíssimo. Mas permita...

Proprietário

Entretanto, é claro, se Vossa Reverendíssima vê uma razão qualquer para alterar essa ordem, se a moça está aflita, posso começar por ela, isso pra mim tanto faz.

Vigário

Não, absolutamente, não é essa a questão. Ao contrário, creio mesmo que preferisse ficar no fim, se fosse o caso, se não houvesse alternativa... se o senhor não atendesse ao apelo dela e dele...

Proprietário

Apelo? Eu não entendo...

Vigário

Apelo que é, justamente, a razão desta visita.

Entra a Senhora com outra gemada, que coloca sobre a mesa.

Vigário

Mara e Lua, os noivos, pedem por meu intermédio dispensa do ritual.

Proprietário

Continuo não entendendo.

Vigário

Embora reconhecendo que seria uma grande honra ter seu véu de castidade rompido por tão ilustre pessoa, Mara, humildemente, suplica que lhe seja permitido conceder o privilégio ao noivo.

Proprietário

Mas é um insulto!

Vigário

Não, por Deus, não julgue assim. Longe deles pretender de qualquer modo insultá-lo. Tanto ela como ele se sentiriam honrados...

Proprietário

Mas então, por que razão? Um ato de rebeldia?

Vigário

Não, nada disso, senhor. São pessoas muito humildes, que acatam inteiramente a vossa autoridade.

Proprietário

Não existe então um motivo.

Vigário

Existe, sim. Eles se amam.

Proprietário

E isso acaso é razão pra romper uma tradição? Eles se amam... grande coisa! Por isso então ficam isentos de taxas e de impostos e podem andar fora da lei, sem sofrer qualquer castigo. É isso o que eles pensam e o Vigário endossa! Basta se amarem então pra não deverem respeito, ou qualquer submissão, para não estarem sujeitos às normas e aos mais primários deveres de um cidadão. Nesse caso o amor lhes daria imunidades. E os outros? Também se amam, pois não? Tanta gente aí que se casa por amor... De todos os motivos por que duas pessoas se casam, esse é o mais banal e também o mais comum entre os desfavorecidos.

Vigário

Lógico, os que nada têm, não têm também porque casar-se por interesse.

Proprietário

E por eles não terem nada, quer Vossa Reverendíssima que eu renuncie publicamente ao direito de pernada.

Vigário

Perdão, não me referi aos outros casais. Pedi que abrisse uma exceção.

Proprietário

Por que uma e não duas? Por que duas e não três? O Vigário sabe bem que não posso transigir. Pois seria um precedente perigoso, há de convir.

Vigário

Mas eu vim advogar uma causa somente...

Proprietário

O que muito me espanta, pois é uma causa perdida, além de não ter que ver nada com religião. Peça-me um adjutório pra conservar sua igreja, esmola para seus pobres, tudo bem, mas isso não.

Vigário

Mas esta noite, afinal, senhor, serão cinco vezes, serão cinco rituais, cinco virgens... Uma a menos...

Senhora

É, que diferença faz?

Proprietário

Mas não é a diferença, o problema é o precedente, é abrir uma exceção que deverá certamente ser vista como fraqueza, um sinal de frouxidão.

Vigário

Mas a repetição do ato por quatro vezes seguidas não será demonstração de força suficiente?

Proprietário

Não se à força o povo já está acostumado. Nesse caso, o que ressalta é a simples exceção, que alguns vão pretender que se transforme em regra. Aí é que está o perigo! Vão tentar tirar proveito aqueles que estão querendo violar a lei e o direito, subverter a ordem e os costumes. E essa subversão pode até chegar ao cúmulo de querer abolir o direito de primícias.

Vigário

Considerando o direito das criaturas de dispor de seu corpo, esse tributo, que em latim se denomina *jus primae noctis*, perdoe, é por demais repulsivo, uma violentação da dignidade humana.

Proprietário

Um linguajar subversivo! Padre, isso me espanta!

Vigário

Nada quero subverter, juro, apenas tocar vossa sensibilidade. Talvez quem sabe, acordar para a realidade, para a injustiça que existe...

Proprietário

E Vossa Reverendíssima, cabeça-dura, ainda insiste! É realmente espantoso. Ele quer que eu abra mão de um direito legítimo! Estaria por acaso o Reverendo disposto a abdicar dos seus? Do direito de casar, de batizar e crismar, ou ouvir em confissão?

Vigário

Aí se trata, perdão, de atos voluntários. É bastante diferente, não são impostos, tributos.

Proprietário

E não será por acaso tributos a Deus ir à missa, confessar e comungar?

Vigário

Mas Deus, em troca, oferece a todos a salvação.

Proprietário

E eu, não ofereço nada? E a honra de partilhar meu leito e nele deixar a virgindade, ritual que se pode comparar até à sagrada missa?

Vigário

Blasfêmia, senhor, blasfêmia!

Proprietário

Se Deus oferece o Céu, eu lhes prometo, na Terra, toda a minha proteção. E passo a ser para elas, as jovens recém-casadas, como que um Sagrado Esposo, um Amante Honorário, um Superpai Amoroso.

Vigário

E acredita que todas passam então a amá-lo?

Proprietário

Claro! E aí estão os fundamentos políticos desse ato ou desse ritual: ele estabelece um vínculo entre o senhor e as famílias, fortalece a unidade. É portanto de interesse de toda a comunidade.

Vigário

Depois dessa, me parece que é melhor desistir.

Proprietário

É melhor. Chega a ser absurdo o que pleiteia. Absurdo, insensato e até insultuoso.

Vigário

Não foi minha intenção e nem dos noivos... (CUMPRIMENTA A SENHORA) Senhora...

Senhora

Apreciei vossa atitude e vossa argumentação.

Vigário

Permita ainda, senhor, antes de ir, não um conselho, mas uma observação. O excesso de poder enfraquece, é ilusão imaginar o contrário. E todo poder, não vindo do povo, é indevido, é um poder discricionário. (SAI).

Proprietário

E deixou no ar uma ameaça! A audácia desse Vigário!

SENHORA

Convém talvez refletir, meditar sobre suas palavras...

PROPRIETÁRIO

Pro inferno! Eu não vou refletir coisa nenhuma. Vou é fazer valer meu direito esta noite com mais convicção ainda. E é pena que em vez de cinco não sejam dez as donzelas. Faria dez vezes o ato e satisfaria todas elas e dez vezes tu terias de ir trocar os lençóis manchados de sangue.

SENHORA

Sangue...

PROPRIETÁRIO

(PROCURANDO ARGUMENTAR) Porque o sangue derramado ratifica uma aliança, sela um pacto político, um contrato social onde os que estão por cima e os que estão por baixo se unem espontaneamente no sublime amor carnal para declarar sua completa concordância com a ordem e com as posições aqui estabelecidas. Este o sentido do ato, o mais é asneira ou maldade de quem quer deturpar os fatos.

Ouve-se soar novamente o sino do portão.

SENHORA

Talvez seja...

PROPRIETÁRIO

A primeira.

Senhora sai. O Proprietário alimenta-se. Bebe vinho e toma gemada. A Senhora volta com a 1ª noiva e o 1º noivo. Eles vêm de mãos dadas e estão visivelmente constrangidos.

Senhora

A primeira da noite.

Proprietário

Adiante! (LEVANTA-SE E VAI A ELES, SORRINDO, ENVOLVENTE) Linda noiva... (PARA O NOIVO) Parabéns... soube escolher...

Noivo

O senhor aprova? Ótimo... alegro-me por saber que não será um sacrifício o que vai fazer por nós... a imerecida honra com que vai nos distinguir.

Proprietário

Mesmo sendo sacrifício, não iria me eximir. Porque a lei é a lei. Deve ser pra todos igual. Esse ato expressa meu imenso amor ao povo, sem o menor preconceito estético ou racial. Sinceramente, eu espero que vocês entendam isso.

Noivo

Mas claro que entendemos e somos reconhecidos... eu e ela... não repare, está assim tão calada por timidez e emoção... passar uma noite assim em tão ilustre companhia... ela está emocionada. Não é pra menos, não acha? Até eu estou, palavra!

PROPRIETÁRIO

(PARA A SENHORA) Pode conduzir a moça até os meus aposentos.

A noiva ergue os olhos para o noivo, um olhar assustado, de quem se sente perdida e segue a Senhora.

NOIVO

E eu? Devo esperar... ou devo voltar mais tarde?

PROPRIETÁRIO

Como quiser... o ritual às vezes demora.

NOIVO

Quanto tempo?

PROPRIETÁRIO

Isso depende... às vezes, alguns minutos. Outras vezes, uma hora. Isso é como uma missa, tanto pode ser rezada a seco, simplesmente, como pode ser cantada, com coro e grande pompa. Difícil dizer *a priori*, por isso, o tempo que dura, se não depende de mim, depende da conjuntura...

NOIVO

Se o senhor permite, então, eu vou esperar aqui.

PROPRIETÁRIO

Fique à vontade, rapaz. E agora... vamos à luta!

                          Noivo

Muito boa sorte, senhor...

Proprietário sai.

                          Noivo

... grande filho duma puta!

3º quadro

Mutação. Casa da noiva, onde a festa continua. Durante a mutação, há um bailado de inspiração rural, do qual participam todos, destacando-se Mara e Lua. Quando termina a dança, todos se dispersam. Donana fala com os padrinhos.

Donana

Esta é a terceira, a terceira que eu caso. E a última, graças a Deus. Termina aqui a minha tarefa. Com todas as filhas casadas, já posso morrer em paz.

Os padrinhos protestam.

Donana

Deus foi cruel comigo, dos nove filhos que pari, seis morreram antes de inteirar um ano de vida. E todos os seis eram machos. Só as fêmeas vingaram. Sei lá por que. Mulher nasce com sina traçada. Quem sabe por isso?...

Durante a fala de Donana, Mara foi até a porta e ficou olhando para fora, preocupada. Lua percebeu e foi até ela.

Lua

Nada?...

Mara

Nada. Nem sombra... E já escureceu.

Lua

Deve estar discutindo, explicando...

Mara

Esse tempo todo?

Lua

É...

Mara

Lua, tenho um mau pressentimento.

Lua

Calma. Também pode ser um bom sinal. O Vigário não ia demorar tanto, se o Proprietário não quisesse conversa. (ABRAÇA-A E PROCURA TRANQUILIZÁ-LA) Fique tranquila, hoje é o nosso dia.

Mara

Custou tanto a chegar... agora ter que adiar... Morro por dentro quando penso.

Lua

Eu me recuso a pensar.

Donana

(NOTANDO O NERVOSISMO DE MARA) Ela está nervosa... é natural. Qual é a noiva que não fica? Por mais preparada que esteja... E isso eu fiz, preparei bem o espírito dela, dei as necessárias instruções. Isto é, até onde se pode ir... Nem tudo se pode dizer a uma moça donzela, senão ela é capaz de nem querer casar. É ou não é? A primeira noite assusta, porque sendo a primeira, nem ao menos é com o homem com quem se vai estar nas noites seguintes. Eu me lembro da minha... Quando me vi naquele quarto enorme, sozinha com aquele senhor que eu só tinha visto uma vez, de longe, no seu cavalo negro com arreios de prata, brandindo o chicote... eu morri! Juro que morri! O que ele tirou do meu corpo naquela noite, o sangue e o gozo, foi de um corpo gelado e sem vida, parado no espanto. Depois, toda vez que caso uma filha, tudo vem à lembrança... porque é ele... sempre ele! E é como se fosse eu de novo, novamente sacrificada.

Parece que me queimam as entranhas com uma tocha acesa! Bem, o que não quer dizer que eu não considere uma honra, uma distinção da parte dele...

Vigário entra.

MARA

Lua, o senhor Vigário!

LUA

Enfim!

VIGÁRIO

Demorei muito? Desculpe, não foi possível resolver a questão em menos tempo.

MARA

(ESPERANÇOSA) Resolver?!

VIGÁRIO

Quer dizer... desincumbir-me da missão.

Lua

Mas então?... Ele concordou? Abriu mão?

Donana

Padre, o senhor não provou do bolo.

Vigário

Sim, Donana, quero provar. Voltei pra isso.

Donana

Mara, Lua, os padrinhos querem se despedir.

Os padrinhos se despedem de Mara e Lua.

Mara

Já vão? É cedo...

Donana

Fiquem mais um pouco...

Padrinho

Não... já é noite...

Madrinha

Sejam felizes...

Lua

Obrigado...

Padrinho

Até amanhã...

Donana

Até amanhã. Obrigada.

Os padrinhos saem.

Mara

(baixo, ansiosa) Padre, por Deus, não me deixe nessa angústia.

Donana

Que tanto vocês cochicham com o senhor vigário? Se têm algum pecado a confessar, por que não fazem isso depois, na igreja? Ou já deviam ter feito antes da cerimônia, pra se casarem de alma limpa.

Vigário

Donana não está a par?...

Mara

Não, não disse nada a minha mãe.

Donana

Não disse o que, menina?

LUA

Pedimos ao Vigário que intercedesse junto ao Proprietário... pra ele abrir mão do direito da primeira noite.

DONANA

(SURPRESA) Vocês... pediram isso?! Tiveram coragem?!

MARA

O Vigário nos apoia e por isso foi nosso advogado.

VIGÁRIO

Um advogado fracassado.

Lua e Mara se decepcionam.

MARA

Como?!

LUA

Ele negou?!

VIGÁRIO

Categoricamente. Obstinadamente.

MARA

O senhor insistiu, explicou...?

Vigário

Gastei todos os meus argumentos. É um homem impenetrável a qualquer argumentação. Só raciocina em termos de autoridade, que procura manter a todo o custo. Não pode abrir mão de qualquer dos seus poderes porque teme com isso dar um sinal de fraqueza. De nada adianta mostrar-lhe que está violentando criaturas humanas que também têm seus direitos como seres feitos à semelhança divina. Ele acredita realmente que essa violência é necessária e que com ela está semeando amor, paz e prosperidade. E que em cada virgem que deflora deixa a marca de sua autoridade, planta em seu ventre o germem da submissão. E que isso é para o bem de todos.

Lua

Mas hoje são cinco, cinco noivas!

Vigário

De nenhuma ele abre mão. Em hipótese alguma.

Mara

Como se pode ser assim tão prepotente!

Vigário

Não sei se é prepotência ou delírio de poder.

Donana

Se vocês tivessem me consultado, eu teria dito que desistissem. Teriam evitado uma decepção. Conheço bem esse homem. Por ele passamos, eu e suas irmãs e também as minhas. Todas nós dele guardamos boa lembrança de uma noite que nunca se apaga.

Vigário

Fiz o que pude. Mas acho que tudo que consegui foi irritá-lo. Lamento, gostaria muito de ter sido bem sucedido. Vocês nem imaginam como eu gostaria... Porque seria um bom precedente... isso ele percebeu. Você ia abrir caminho para outras, ia ser a nossa bandeira.

Mara

Quem sabe se ainda não serei?

Donana

(preocupa-se com o significado das palavras de mara) Espera lá, nada de tolices.

Vigário

Também acho que, fora o que tentei, qualquer outra reação é perigosa.

Lua

Por que?

Vigário

Pode ocasionar represálias.

Lua

Que tipo de represálias?

Donana

Em vez de apenas uma noite, a primeira, ele pode exigir segundas e terceiras, sempre que lhe apetecer. Tem força pra isso. É o Proprietário. Quem não se sujeitar, será expulso de suas terras. Não poderá viver aqui nem plantar.

Lua

(revoltado) Temos então que nos submeter sem qualquer apelação. Eu tenho que ceder minha mulher, esperar que ele dela se sirva e até faça nela um filho que levará o meu nome! Depois ainda agradecer a honraria!

Donana

Como todos. Em que você é melhor?

Lua

Em nada, mas não me conformo.

Donana

Terá de se conformar.

Vigário

Segundo o costume, você terá que levar a noiva até a Casa Grande. Mas não precisa se apressar, ela será a última das cinco.

Donana

Agora venha, padre, venha provar uma fatia do bolo.

Donana leva o Vigário até à mesa e serve-lhe uma fatia do bolo.

Donana

Que maluquice deu neles?

Vigário

Temo que estejam pensando em loucura ainda maior. Se bem que a humanidade só tenha caminhado pelos pés desses loucos.

Luz em Mara e Lua isolados.

Mara

Lua, eu não quero ir. Antes prefiro morrer.

Lua

Não há meio de fugir. Que poderemos fazer?

Mara

Todo meu corpo recusa servir de mero tributo pago por sua inocência a um senhor dissoluto. Por guardar a virgindade merece alguém ser punido? Por conservar a pureza num mundo tão corrompido? Para poder pertencer ao homem que escolhi, terei então que entregar-me a outro que nunca vi?! É esse o imposto cobrado pelo senhor Proprietário: ter que sangrar em seu leito, corpo nu e aberto em cruz, como uma crucificada!

Lua

(desesperado) Mara, por Deus, por Jesus! Pare de falar assim! Não posso imaginar seu corpo sendo violado por outro que não por mim!

Mara

Meu corpo é terra adubada à espera do lavrador; não deixe que outra semente, que não aquela do amor, penetre minhas entranhas. Esta flor amanhecida anseia por teu orvalho!

Lua

Então está decidido. Façamos agora um trato: nem mesmo à custa da vida haveremos de ceder.

Mara

Eu por mim, disse e repito, antes prefiro morrer. Que morta talvez me levem ao leito do sacrifício, já que é o corpo e não a alma que o senhor quer violar.

Lua

Vou já buscar os cavalos e volto pra te apanhar. Vamos para nossa casa e fingimos ignorar essa exigência absurda. E quando o sol se deitar em nosso leito de núpcias, já será tarde demais...

Mara

O direito é só à primeira e não à segunda noite... muito menos à terceira! O patrão será logrado!

Lua

Claro, ele vai se vingar. Há de querer nos punir pela rebeldia. Pode mandar nos prender, até mesmo torturar.

Mara

De tortura bem maior terei eu já escapado.

Lua

Pense bem: teremos então selado nosso destino.

Mara

Já pensei e decidi: pode ir buscar os cavalos.

Lua sai.

Donana

Lua?... Onde é que ele vai?

Mara

Aqui perto... não vai demorar.

Donana

Porque está quase na hora... Sabe, não fica bem ele não te acompanhar até a Casa Grande. Pode ser mal interpretado, depois do senhor Vigário já ter intercedido...

Vigário

Certamente, isso seria tomado como um acinte. O Proprietário já está de espírito prevenido... já tomou conhecimento da discordância... qualquer gesto fora do habitual pode adquirir para ele um significado e tomar proporções... Deus sabe lá! pode até imaginar que exista aqui um foco de revolta.

Mara

Mãe, eu e Lua tomamos uma decisão. Vamos nos rebelar, dizer não ao Proprietário.

Donana

Como duas crianças malcriadas!

Mara

Não, como duas pessoas adultas que sabem o que querem.

Donana

Eu não lhe dizia, padre? Estão loucos! Pensam que podem enfrentar o Proprietário. Desobedecer mandá-lo pro inferno e tudo vai ficar por isso mesmo.

Mara

Sabemos que isso vai nos custar alguma coisa. Mas estamos dispostos a pagar o preço.

Donana

Não há dúvida, perderam a cabeça!

Vigário

Minha filha, não seria eu que iria procurar demovê-la desse propósito, se visse alguma possibilidade de resistência. Mas a verdade é que não há.

Mara

Quem sabe? Nunca ninguém tentou resistir.

Donana

Porque é loucura!

Vigário

É uma atitude suicida. Ele já está de pé atrás. Basta que note a sua demora para que mande seus jagunços caçá-la por toda a parte. E então será muito pior. Porque aí não só você irá sofrer, também seu noivo. Sobre ele talvez até caia o maior peso do castigo.

Donana

Quer você se tornar viúva antes mesmo de ser mulher?

Mara

(OS ARGUMENTOS DO VIGÁRIO E DE DONANA ABALAM SUA DECISÃO) Acham que Lua pode ser morto?

Donana

Não seria o primeiro.

Vigário

Quando o direito é mantido pela força e não pela razão, o uso da força é incontrolável. E não só seu noivo pode ser atingido, também sua mãe, suas irmãs, seus amigos. Ninguém pode prever até onde irá a repressão.

Donana

O Vigário tem razão. Não seja tão egoísta, pense nos seus, que irão pagar por sua rebeldia. E depois, será que não pode fazer um pouco de sacrifício pela tranquilidade de todos? Cada uma de nós já passou por isso... Feche os olhos ao nojo e o coração à revolta. É uma noite só... Pra que provocar o touro? Se algumas gotas de sangue aplacam a sua sede, por que não ceder? E esquecer. Como um tempo que não houve, uma hora que se risca do tempo e da lembrança.

Vigário

Ainda não é chegado o momento da resistência.

Mara

E quando, quando vai chegar?! Se alguém não começa, mesmo se arriscando, nunca, nunca que as coisas vão mudar!

Donana

E por que tem de ser você a primeira? Quem lhe deu essa incumbência? Não seja pretensiosa. E vou lhe dizer mais: eu lhe proíbo, está entendendo? Proíbo!

Mara

Lua não vai se conformar, não vai! Ele não vai poder suportar!

Donana

Ora, seu pai suportou muito bem, quando foi a minha vez. Lua não é melhor nem pior que ele.

Mara

Eu também não consigo me imaginar...

Donana

Todos suportam, se não há outro jeito. Também não é assim... É um homem muito gentil, muito perfumado... (PUXA-A DE PARTE) Vou lhe dizer o que deve fazer para que a coisa não seja tão desagradável. Basta que na hora do sacrifício feche os olhos, relaxe e pense no homem que desejaria ter por cima... Não digo que vá sentir prazer... mas ajuda muito. Padre, talvez fosse melhor o senhor mesmo levá-la.

Mara

(ESTÁ INDECISA) Não, espere!... ainda não decidi.

Donana

Já está ficando tarde, Lua não volta e o Proprietário já deve estar imaginando coisas.

Vigário

É bem possível...

Donana

Com toda a certeza você já está marcada.

Mara

Mas Lua... eu prometi... nós fizemos um trato...

Donana

Deixe Lua comigo. Eu cuido dele. Vá com o Vigário.

Vigário

É que o costume é o próprio noivo... Isso vai parecer já uma atitude inconformista por parte de Lua...

Donana

(CORTA INCISIVA) Padre, se ele chega as coisas se complicam de novo. Atenda ao meu pedido.

Vigário

(COMPREENDENDO) É, talvez seja melhor... Vamos, filha, eu vou levá-la. Se for preciso, dou uma explicação, justifico a ausência do noivo.

Donana

Bebeu demais na festa, não está em condições...

Vigário

Boa ideia.

Mara

(AINDA HESITANDO) Lua... por que demora tanto?!

Donana

Anda, filha, o Vigário está esperando.

Mara

Tenho então mesmo que ir!

Donana

É o melhor, para vocês dois e para todos nós.

Mara

Também, se Lua estivesse aqui ia ser muito mais difícil. Eu mesma não ia conseguir...

Donana

Então vá logo, antes que ele chegue.

As três donzelas se acercam.

1ª Donzela

Mara já vai?

2ª Donzela

Não vai com Lua?

Donana

Não, meninas, e calem essa boca de trapo.

Mara

Adeus, mãe.

Donana

Que a Virgem te ajude e dê coragem.

3ª Donzela

Boa noite, Mara!

1ª Donzela

Felicidades!

2ª Donzela

Boa sorte!

Mara

Que Lua ao menos vá me buscar.

Donana

Ele irá, amanhã. Vá tranquila.

Mara sai com o Vigário, passos lentos, como uma condenada a caminho do cadafalso.

3ª Donzela

Nunca vi noiva tão triste!

1ª Donzela

Parece uma condenada seguindo pro cadafalso onde será enforcada!

Donana

Não falem do que não entendem, que cada uma de vocês vai ter que passar por isso quando chegar sua vez.

Donana sai e as três donzelas avançam até à boca de cena, enquanto muda a luz.

1ª Donzela

É a noiva que vai
sua sina cumprir.

2ª Donzela

Vai morta morrendo
em branca mortalha
de flores florando
o negro caminho.

3ª Donzela

Seu fim confinado
não é fim nem começo
é só o tropeço
a queda exigida

1ª Donzela

da carne pisada

2ª Donzela

da taça partida

3ª Donzela

da voz sufocada

1ª Donzela

da ave ferida.

4º QUADRO

Mudança de luz. Lua entra.

LUA

Mara?... Mara... (PARA AS DONZELAS) Já terminou a festa?... Mara onde está? Uma de vocês pode ir dizer que estou com os cavalos lá fora, esperando?

As três donzelas se entreolham, constrangidas.

LUA

Ei, que há?

1ª DONZELA

Você esperava que ela estivesse aqui?

LUA

Claro. Ela vai comigo... (SUSPEITA) Por que? Saiu?

3ª DONZELA

Com o Vigário.

1ª DONZELA

Estranhamos... Não cabe ao noivo, segundo a tradição...

2ª DONZELA

Minha mãe me disse.

Lua

Mas como?! Ela não pode ter ido a parte alguma. Prometeu! Isso ficou decidido entre nós! Vocês estão brincando... Precisam casar também pra aprenderem a levar a vida mais a sério. (afasta-se e chama) Mara!

Donana entra.

Lua

Donana! Por favor, diga a Mara que já estou aqui...

1ª Donzela

Ele não acredita que ela tenha ido com o Vigário.

Lua

Claro que não acredito. Por que iria? Isso não tem nenhum sentido!

Donana

Meninas, vão lá pra dentro.

As três donzelas saem.

Donana

É verdade, Lua. O padre concordou em levá-la, pessoalmente, ao Proprietário.

Lua

(revoltado) Levá-la... Numa bandeja de prata! Enfeitada com os ramos da minha vergonha!

Senhora

Foi uma gentileza do senhor Vigário.

Lua

(com indignação) Bela gentileza! Talvez ainda deva me ajoelhar e beijar-lhe a mão!

Donana

Não se desespere... Amanhã ela estará de volta e será a mesma, sem marcas e sem faltar pedaço. E vai ser sua mulher, na alegria e na tristeza, como jurou diante de Deus. E como será também um novo dia, um novo sol, se vocês decidirem não tocar no assunto, será como se nada tivesse acontecido.

Lua

Mas por que essa decisão, quando minutos antes havíamos decidido o contrário? Vocês a obrigaram!

Donana

Ela saiu daqui caminhando sobre seus próprios pés, as meninas são testemunhas.

Lua

Não posso entender! Não posso aceitar!

Donana

É fácil. Falou mais alto o bom-senso. Era uma loucura o que vocês tinham planejado. Loucura e leviandade. Se o mundo está torto, é ridículo querermos nós consertá-lo, quando não temos força nem para desentortar um prego.

Lua

Esse raciocínio é que faz com que os Proprietários continuem fazendo o que querem, pisando e violentando, impondo sua lei e seu tributo. Porque ficamos nós de quatro, é que eles montam nas nossas mulheres. Na verdade, montam em nós e nos enrabam com o nosso consentimento!

O Vigário entra.

Donana

Aí está o Vigário. Ele vai ter a palavra certa para acalmá-lo.

Vigário

Tudo bem... Deixei-a lá, esperando a vez. Parecia mais conformada, disposta ao sacrifício.

Lua

Ah, ela está conformada! Então eu também devo ficar! E devo fazer com que todos saibam disso. Principalmente ele, o nosso bem-amado Proprietário.

Donana

Lua, meu filho...

Lua

Digam a ele que estou feliz por ter recebido minha mulher em seu colchão de penas de avestruz. Que estou agradecido pelos trabalhos executados esta noite por seu pequeno membro forjado em chumbo e excremento. E que vou fazer um grande lenço com o véu de esperma e amarrá-lo no pescoço nos feriados nacionais!

Donana

Lua, pense bem no que faz e no que diz. O Proprietário tem olhos e ouvidos por toda a parte.

Vigário

Este é um momento em que precisa mostrar serenidade.

Donana

Você não é mais um rapaz sem responsabilidades. Tem que pensar agora no futuro, na sua mulher, nos filhos que hão de vir.

Vigário

Nada de atos impensados, de gestos não medidos. Considere-se parte daquele imenso rebanho de humilhados e ofendidos que têm as preferências do Senhor. E entregue a Ele, que Ele, saberá fazer justiça.

Lua

Que mais quer o Vigário? Que caia de joelhos e reze ao Bom Deus, na hora em que Mara está lá, estendida, e uma lagarta com seus pés de larva passeia atrevida no seu corpo nu, queimando seus peitos, lambendo seu ventre, fazendo em pedaços seu hímen dourado!

Vigário

Você se tortura... Ponha um freio à imaginação. Do contrário vai acabar sofrendo no próprio corpo a dor e a violência do ato. Acabará sangrando também.

Lua

E eu estou, padre... sangrando no sangue sugado de meu santuário. Na nudez cavalgada da virgem abatida, na dor usurpada, na raiva contida. Sangrando, minha mente sangrando, meus olhos sangrando na espera do tempo do homem, que virá, estou certo, depois dos tiranos. (INICIA A SAÍDA).

Donana

Lua! Espere, aonde vai?

Lua

(PARA) Não tenho de ir buscar a noiva? Não faz parte do ritual?

Donana

Mas não agora, ainda é cedo. Só quando clarear o dia. Fique aqui, que as meninas vão lhe fazer companhia.

Lua

Não, vou para lá... que o dia pode clarear mais cedo. (SAI)

Vigário

Também vou para casa, que já me excedi demais em minhas atribuições. Boa noite. (SAI)

Donana

Deus permita que seja uma boa noite. (SAI)

Luz sobre as três donzelas que entram.

1ª Donzela

O noivo estrangula
a dor nas virilhas,
o falo enrijado
na fome do amor.

2ª Donzela

O gozo primeiro
pertence ao senhor,

3ª Donzela

são dele as primícias
do coito pioneiro.

1ª Donzela

Nas dobras da noite
sufoca a revolta,
a voz estancada
no grito impossível,

2ª Donzela

no olhar a visão
do ato terrível,

3ª Donzela

a noiva desnuda,
a cruel provação.

5º QUADRO

Quarto do Proprietário. Ao centro da cena, uma enorme cama. A Senhora entra trazendo nos braços estendidos um lençol branco, dobrado. Vai trocá-lo pelo que cobre a cama quando Mara entra, a Senhora interrompe o movimento. Mara também fica imóvel, intimidada, na entrada.

SENHORA

Ande, não fique aí parada. Vamos logo acabar com isso.

Mara dá alguns passos tímidos na direção do leito. A Senhora retira o lençol e mostra a mancha de sangue.

SENHORA

Triste sina a minha, trocar lençóis na cama de meu marido. É o quinto que mudo hoje. Estou farta.

MARA

(OLHA EM VOLTA ASSUSTADA) Onde está ele?...

SENHORA

Nosso guerreiro, está na sala, descansando. Refazendo-se da última batalha. Pediu um mingau de aveia, vinho do porto... Não sei como ainda consegue... Essa última tomou-lhe mais de uma hora. Essas camponesas, quando passam um pouco da idade, ressecam que nem terra sem chuva curtida de sol. Ele também já não é mais aquele jovem combatente sempre de lança em riste... É um velho guerreiro de coração cansado. Você, menina, vê se não exige demais dele.

MARA

Eu por mim não exigia nada.

SENHORA

(ESTRANHA, OLHA-A FIXAMENTE) Você tem coragem, menina.

Mara

Tenho é medo. E vergonha.

Senhora

Nenhuma entrou aqui com esses olhos de vespa e essas unhas à mostra…

Mara

Já disse que tenho medo.

Senhora

Se não quer lhe dar um gozo ainda maior, não deixe transparecer.

Mara

Que outros conselhos me dá? A Senhora que tantos lençóis tem trocado por esses anos a fio?

Senhora

Acha que isso me dá prazer?

Mara

Não disse isso. Pedi que me ajudasse porque está há tanto tempo nesse ofício… e porque sinto na Senhora uma aliada.

Senhora

(olha-a com desconfiança) Não gosto do seu atrevimento. Tudo que nessa cama se passa é com meu consentimento. Se troco os lençóis, é que essa é a parte que me cabe, por direito, no ritual. Não vou cedê-la a ninguém.

Mara

Deve ter então um certo orgulho...

Senhora

E por que não? Todo esse sangue derramado tem a sua razão de ser. Como todo sangue vertido em defesa da ordem, da paz e da união entre as famílias. Pelo menos é o que ele diz.

Mara

É o que ele diz.

Senhora

E você está aqui para que? Para contestar? Se não, eis aí uma boa justificativa para sua humilhação. Acredite nisso e se sentirá bem melhor.

Mara

É o que me aconselha, que procure me enganar a mim mesma.

Senhora

Que prefere você? Desprezar a si própria? Não há uma terceira saída.

Mara

Não há mesmo?

Senhora

Não há. E essa segunda não lhe parece mais dolorosa?

Mara

Não sei, Senhora, não sei... Acreditar que meu corpo pisado, meu orgulho ferido, minha honra ultrajada, meu gozo contido, tudo isso são coisas necessárias ao bem comum... eu me sinto idiota!

Senhora

Se conseguir mesmo acreditar, não se sentirá idiota.

Mara

Não, prefiro um sofrimento consciente a uma falsa paz de espírito.

Senhora

Talvez seu corpo anseie pela violência. Quer senti-la fundo e forte entre as pernas e prefere ganir como uma cadela no cio. A escolha é sua.

Mara

Ao contrário, toda minha carne grita inconformada. Mas já vi que falamos duas línguas. A Senhora não me entende, nem pode me ajudar em nada.

Senhora

Entendo mais do que pensa. Mas não espere outra ajuda que não esses conselhos. Como o carcereiro ou o carrasco, estou por demais comprometida (INICIA A SAÍDA).

MARA

Vai me deixar sozinha?

SENHORA

Não vai querer que assista...

MARA

E por que não? Não é um simples ritual? Um ato não de amor, mas de força, de autoridade... E mostrar autoridade não é imoral. Ou é?...

A Senhora olha-a fixamente, nos olhos.

MARA

Por que me olha assim?

SENHORA

Vai ter ainda que atravessar a noite... e já amanhece em seus olhos!

MARA

Que quer isso dizer?

SENHORA

É o que eu me pergunto. (SAI)

Mara fica só um instante. Vai até o grande leito, olha, inquieta, apreensiva, até que escuta a voz de Lua, que ecoa, sonora e distante.

Lua

(fora, distante, grita) Maaaaaara! Maaaaara!

Mara

Lua!

Lua

(idem) Maaaaara!

Mara

Meu Deus, ele está louco! (ela logo sente que não vai poder resistir àquele chamado. olha em volta, vê que pode fugir, se quiser. e lentamente, como que atraída por um ímã, sai)

Proprietário

(entrando) A menina me perdoe se eu a fiz esperar... Tive que fazer uma pausa para poder repousar... Esta noite está sendo um tanto quanto exaustiva... Cinco noivas, cinco lindas donzelas... uma estiva! (procura mara e não encontra) Mas onde é que ela está?...

Senhora entra.

Proprietário

Onde a moça se meteu?

Senhora

Eu a deixei aqui esperando...

Proprietário

Será que se escondeu? Que brincadeira é essa?

Senhora

Ouvi uns gritos...

Proprietário

Também eu...

Senhora

Alguém chamando por ela como um doido varrido!

Proprietário

O que está insinuando? Que ela deve ter fugido?

Senhora

Pra mim não seria surpresa...

Proprietário

Isso nunca aconteceu! Nem vou deixar que aconteça!

Senhora

Calma... Quem sabe?... Talvez se arrependa e ainda volte.

Proprietário

E eu? Vou ficar esperando? Se ela veio até aqui, aqui tinha de estar, à minha disposição. Se fugiu, isso é grave! Eu só posso interpretar como uma rebelião que é preciso sufocar. E o Vigário está com eles... Quem sabe se mais alguém... Tenho de agir com rigor! (AMEAÇA SAIR)

SENHORA

Vai convocar os jagunços?

PROPRIETÁRIO

Os jagunços, a Polícia, toda a população. Que o povo certamente, sendo como é pela ordem, pela paz e tradição, há de ficar do meu lado, sem qualquer hesitação. Chame todos, todos, todos! Pois quero que todos saibam e se unam a mim na repressão a esse gesto insólito!

Senhora sai. Ele avança para a boca de cena, enquanto se realiza a mutação.

PROPRIETÁRIO

(DISCURSA PARA A PLATEIA) É meu supremo dever dar ciência do que se passa. Uma minoria, senhores, subversiva e radical, resolveu se rebelar contra um sagrado ritual, um costume secular, um direito consagrado e assim talvez contestar, quem sabe, até o regime de trabalho e convivência que todos nós adotamos em nossa comunidade. Enquanto a maioria é unida e obediente, abre-se na minoria esse odioso precedente. Enquanto a maioria demonstra compreensão e cumpre o seu dever, rebela-se uma minoria e resolve dizer não, desafiando meu poder. Um poder que por direito exerço em nome de todos, que por todos estendo, com a minha proteção e democraticamente e sem fazer distinção, sem mesmo discriminar raça, cor ou religião. Será isso admissível? Iremos nós consentir num gesto tão egoísta e tão anti-social? Uma reação extremista e até ditatorial! É claro que não podemos de forma alguma ceder. E custe o que custar, aconteça o que aconteça, a noiva aqui deve estar antes que o dia amanheça. Pelos morros ou planícies, pelas matas ou descampados, tanto a noiva como o noivo, os dois devem ser caçados!

6º QUADRO

Capela, simbolizada pelo altar, encimado pela cruz de Cristo. Rosas, muitas rosas, últimos vestígios dos casamentos celebrados. Um vitrô colorido joga sobre a cena a luz do luar.

Entram Mara e Lua, ambos dando sinais de terem feito longa caminhada.

Lua

Pronto... aqui estamos a salvo.

Mara

Estamos mesmo? Você acha?

Lua

Por esta noite ao menos.

Mara

E amanhã?

Lua

Eu não sei... Esta noite nós faremos a nossa própria lei em nosso pequeno mundo. E amanhã, amanhã seremos outras pessoas, o mundo terá mudado. Ainda que dividido entre mandantes e mandados, opressores e oprimidos, já não será como dantes. (NOTA QUE ELA ESTÁ INTRANQUILA) Você... você não acredita?

Mara

Terei de acreditar, já que o que fiz está feito, não posso mais recuar. (ERGUE OS OLHOS PARA A CRUZ) Mas isto aqui é uma capela...

Lua

Por isso mesmo é um lugar onde ninguém terá ideia de vir nos procurar.

MARA

Mas aqui... aqui não podemos...

LUA

Por que?

MARA

Seria sacrilégio!

LUA

Deus vai por certo entender que outra saída não temos. E se a Ele prometemos, diante deste mesmo altar, nos unirmos pelo amor até a morte separar... Ou será que o juramento que fizemos esta tarde...

MARA

(INTERROMPE) Não, estou disposta a tudo, não me faça essa injustiça. Fugi do Proprietário depois de estar em seu quarto, à beira do grande leito! Sabe o que vai me custar? Atrás de mim abriu-se um fosso, impossível retornar.

LUA

Mas temos à nossa frente um macio leito de noite sob um lençol de luar. O que importa é que o tesouro que nos quiseram furtar será nosso, todo nosso... e quando o amanhã vier e de mulher te chamar, te encontrará não mais virgem, mas tão pura quanto antes. Terás perdido a inocência, mas não a dignidade.

Mara

Não, nada terei perdido. Em te dando a virgindade, só terei me enriquecido. Não se empobrece a Terra que se abre para o plantio da semente desejada.

Após um longo beijo, ela tira a grinalda e se deita de costas diante do altar.

Mara

Venha...

Ele se deita sobre ela. Logo se ouvem vozes fora. Eles estremecem.

Mara

Você não ouviu?!

Lua

Acho que há gente lá fora... escutei um vozerio...

Vigário

(FORA) Não tem, não tem ninguém aqui, vocês estão enganados. (ENTRA E ESPANTA-SE AO VER LUA E MARA) Vocês!... Meu Deus, que loucura!

Lua e Mara levantam-se, rápido.

Mara

Perdão, Vigário, perdão...

Lua

Era o único lugar onde podíamos estar em segurança...

Vigário

Segurança... Eles estão aí! Correram toda a aldeia caçando vocês!

Mara

Soldados!!

Lua

Jagunços!

Vigário

E muita gente! Um bando! Todos armados! E sabe quem vem na frente?

Mara

Adivinho! O Proprietário!

Vigário

Nada disso, os quatro noivos! Os quatro que hoje pagaram o tributo exigido, que a ele cederam as noivas no adultério consentido!

Lua

Mas logo eles que deviam formar do nosso lado!

Vigário

Vai levar tempo até eles disso terem consciência.

Mara

Mas o Vigário não pode de modo algum permitir... Isto aqui é uma igreja! Eles não podem invadir!

Lua

Ele sabe mais que nós: aqui nem o Proprietário, nem ninguém, ninguém tem voz. Somente Deus e o Vigário.

Vigário

É uma questão delicada... A divisão dos poderes não é assim tão respeitada... Mas claro, vou resistir!

Entram os quatro noivos, todos armados de espingardas de caça.

Vigário

Êi! alto lá! para trás! Esta é a casa de Deus!
Três noivos dominam Lua, separando-o de Mara.

Lua

Traidores! Sujos traidores!

Mara

Será que não têm vergonha!!

1º Noivo

Nós a perdemos esta noite. E se isso nos foi imposto, em que ele é melhor que nós? Por que vai livrar o rosto?

As luzes se apagam e se acendem depois sobre as três donzelas.

As três donzelas

A lei é inflexível:
decreta a vergonha,
tributo terrível
partido entre todos.

2ª Donzela

A noiva não vai
descumprir sua sina.

3ª Donzela

Ninguém lhe permite
fugir ao suplício.

2ª Donzela

O senhor a espera
para o sacrifício.

1ª Donzela

Ao noivo aviltado,
no seu desespero,
só resta gritar
seu grito sem voz
nos surdos ouvidos
da noite sem rosto,
enquanto que a noiva
— paga o imposto.

7º QUADRO

Quarto do Proprietário. Mara, imóvel, de pé ao centro da cena, enquanto que o Proprietário vai despindo-a, peça por peça.

Proprietário

Espere... cabe a mim retirar peça por peça... Assim... mas bem devagar... Faz parte do ritual. (OLHA-A DETIDAMENTE) Você então tentou fugir ao compromisso... Por que? Tem medo? Acanhamento? Ou quem sabe imagina que sou um tarado sexual?

Mara fecha os olhos, envergonhada.

Proprietário

Não consigo atinar com o motivo da recusa. Porque é a primeira, fique sabendo, a primeira que pensa em abrir mão da honra de ocupar meu leito e da glória de passar comigo a sua derradeira noite de moça donzela. Isso me choca muitíssimo e me deixa intrigado. Pois quem vai sair lucrando é só você, minha bela... que vai dar, por minhas mãos, os seus primeiros passos na doce, nobre e difícil arte de fazer amor. E que moça não sonha com tão sábio professor? Esta noite, quatro delas aqui estiveram cumprindo o sagrado ritual, o honroso dever de dar a este proprietário o que por lei lhe pertence. E saíram todas quatro bem instruídas, satisfeitas e felizes por perderem a honra assim de maneira tão inegavelmente honrosa. Garanto que agora estão contando aos seus maridos... (ELE CONTINUA DESPINDO-A, ATIRANDO AO CHÃO O VÉU, A GRINALDA, O VESTIDO, AS PEÇAS DE BAIXO) É como despetalar uma rosa, suavemente, assim, pétala por pétala... até alcançar o fim, o cálice, onde beberei o vinho do amor submisso da servil propriedade pelo seu proprietário, do escravo por seu senhor, da vítima por seu algoz, do oprimido pelo opressor... e erguendo a hóstia consagrada ao direito de punir, violentar, corromper, esmagar e denegrir, cantaremos um hino à paz e levantaremos um brinde à harmonia entre as classes! (ELE ARRANCA A ÚLTIMA PEÇA, RASGANDO-A. MARA FICA INTEIRAMENTE NUA, O PESCOÇO ERGUIDO, OS OLHOS CERRADOS)

LUA

(FORA, DISTANTE, GRITA) Maaaaara!... Maaaara!...

PROPRIETÁRIO

Que é isso?

MARA

É alguma brincadeira... de alguém que bebeu demais na festa do casamento (COBRE-SE COM O VÉU).

PROPRIETÁRIO

(COMEÇA A DESABOTOAR A TÚNICA) Isso é um desrespeito, perturba o ritual.

MARA

O senhor foi tão gentil despindo as minhas roupas... Será que permitiria retribuir por igual?

PROPRIETÁRIO

(SORRI) Bravo... isso sim... gostei... uma atitude inteligente e bastante construtiva. Já vi que evoluiu da oposição formal pra colaboração ativa. Isso me torna feliz. Diminui a oposição, diminui a violência. Pois é por demais sabido que o emprego da força só aumenta na razão direta da resistência. São somente os que resistem os verdadeiros culpados se às vezes, contra a vontade, nós nos vemos obrigados a usar de energia pra impor nossos direitos.

MARA

(TIRA-LHE A TÚNICA) Onde ponho?

PROPRIETÁRIO

No chão mesmo...

MARA

(DESABOTOANDO-LHE A CAMISA) Como sois forte...

PROPRIETÁRIO

Você acha?

MARA

Tudo em seu corpo é poder, força e autoridade! Desculpe se a princípio eu procurei resistir... É mesmo uma grande honra entregar a virgindade a alguém tão acima de qualquer pobre mortal. Desde já eu agradeço o que vai fazer por mim...

PROPRIETÁRIO

(SORRINDO) Acho que vamos ter o mais belo ritual...

MARA

Também espero que sim...

Ele atira-a sobre o leito, deita-se sobre ela e beija-a. Mara, num gesto rápido, que somente se percebe pela contração do corpo dele, arranca-lhe a faca da cinta e golpeia-o no ventre. Ele se ergue, com as mãos sobre o ventre.

PROPRIETÁRIO

Você me arranhou, sua gata!... (NOS OLHOS A VISÃO DA MORTE, ELE DÁ ALGUNS PASSOS INCERTOS E CAI AO SOLO, PESADAMENTE).

A Senhora entra logo a seguir, Mara ainda está com a faca na mão, olhando para o corpo do proprietário, horrorizada. Ao ver a Senhora, Mara julga que está perdida, deixa cair a faca.

SENHORA

Você... foi você!?

MARA

Sim, fui eu. Pode chamar a Polícia.

SENHORA

(OLHA-A COM ADMIRAÇÃO) Esse clarão matutino em seus olhos... eu sabia! Era você a que devia chegar! Tenho finalmente a explicação... por que amanheceu de repente, enquanto nas outras noites custava um século!

LUA

(FORA, GRITA) Maaaaara!...
Maaaara!...

SENHORA

É seu noivo!

Mara

Ele nada tem com isso!

Senhora

Tem, sim, é claro que tem. Por qualquer justa razão você deve ter feito isso. Ande, corra atrás dele. Não deixe que o sol nascente venha encontrá-lo assim, desatinado, perdido, gritando pelas colinas, que nem cavalo ferido. (arranca da cama o lençol) Tome, leve para ele o imaculado lençol, troféu da tua bravura. Façam dele uma bandeira e a coloquem bem alto para que todos a vejam quando forem regar os campos e trabalhar a terra. (envolve mara no lençol) Ande, vá! E vá com Deus!

Mara fica um instante indecisa, depois sai correndo. A Senhora se volta para o corpo do Proprietário, seu olhar é frio, mas em seus lábios há um quase-sorriso de libertação. Ela avança até a boca de cena e anuncia, dirigindo-se à plateia.

Senhora

Minhas senhoras e senhores, cabe a mim participar que o nosso bem-amado Proprietário está morto. Tombou em ação heroica, cumprindo o seu dever, vitimado por seu zelo no exercício do poder.

Este livro foi composto na tipografia Minion Pro,
em corpo 13/16,5, e impresso em papel off-white
no Sistema Digital Instant Duplex da
Divisão Gráfica da Distribuidora Record.